Hinein in den Karneval

Band 9

mit den neuesten Büttenreden und Zwiegesprächen aus Köln

D1662274

BERGWALD-VERLAG · DARMSTADT

ISBN 3-8069-0246-1

Alle Rechte vorbehalten

Das Vortragsrecht für öffentliche Veranstaltungen
vermittelt der Verlag

Inhaltsverzeichnis

Ne Weltenbummler

Büttenrede von Gerd Rück

Kurz vor meiner Weltreise hat unsere Katze meiner Frau das ganze Gesicht verkratzt. Der Chef von der plastischen Gesichtschirurgie meinte: „Das bekommen wir wieder hin, aber ich muß eine Hautverpflanzung vornehmen und dafür benötige ich Ihre Gesäßhaut!" Ich nickte — und 14 Tage später sah meine Frau genau so schön aus wie früher. Wie ich den Maskenbildner bezahlt hatte, meinte der: „Du hast mir ja 3000,— Mark zuviel gegeben!" Ich sage: „Nein, das mit dem Geld geht schon in Ordnung. Das ist für das Vergnügen, daß ich immer zuschauen darf, wenn meine Schwiegermutter auf Besuch kommt, meiner Frau um den Hals fällt und dann meinen Hintern abküßt!"

In der Nacht vor meiner Weltreise hatte ich einen tollen Traum: Ich war im Himmel, Aushilfe vom Petrus. Die Tür geht auf, ein Neuer kommt herein, guckt sich alles an und fragt: „Warum habt ihr denn so viele Uhren hier im Himmel?" Ich sage: „Das kann ich dir erklären! Für jeden Regierungschef der Erde haben wir eine Uhr. Und immer, wenn der politischen Blödsinn macht, geht der große Zeiger eine Stunde weiter." Meint der: „Interessant, habt ihr zufällig auch eine Uhr für den Staatsratsvorsitzenden der DDR?" Ich sage: „Sicher, komm mal mit in die Küche. Die brauchen wir da als Ventilator!"

Am anderen Tag wollte doch mein bester Freund heiraten. Vor dem Standesamt stottert das Mädchen: „Schatzemann, ich muß dir ein Geständnis machen. Ich bin Prostituierte!" Meint mein Freund: „Das ist doch kein Problem! Dann gehst du eben in deine Kirche und ich in meine!"

Kaum in Bonn angekommen, ich in das Entwicklungsministerium herein. Da war gerade eine große Cocktailparty im Gange, zu Ehren eines afrikanischen Gesandten. Höflich und bescheiden wie der war, saß der da und sagte kein Wort. Unser Minister zeigt auf das kalte Büffet und fragt ihn: „Ham ham gut?" Der schwarze Gast nickt. Anschließend zeigt der Minister auf eine Flasche Sekt und fragt ihn: „Gluck gluck gut?" Der schwarze Gast nickt. Kurz darauf steht er auf, geht an das Mikrofon, hält eine Dankesrede in erstklassigem Hochdeutsch und fragt dann unseren Minister: „Bla bla gut?"

In der Kantine vom Bundeshaus war Riesenkrach. Stritten sich der Kohl, der Strauß und der Stoltenberg, wer der beste Unionspolitiker wäre. Meint der Stoltenberg: „Also liebe Kollegen, mir bescheinigt jeden Tag die Presse: Ich bin der Beste!" Sagt der Kohl: „Das ist noch gar nichts. Mir ist diese Nacht im Traum der liebe Gott erschienen und hat gesagt: Helmut, du bist der Beste!" In dem Moment springt der Strauß auf und fragt: „Was soll ich gesagt haben?"*

Um schneller weiter zu kommen, ich in den nächsten Jumbo-Jet herein. Fragt mich die Stewardeß unterwegs: „Wünschen Sie einen kalten Drink?" Ich sage: „Um Gottes willen, nein!" Meint sie: „Warum denn nicht?" Ich sage: „Paß mal acht: Wenn nach Heranführung der Flüssigkeit an meine Lippen spontan die reflektorische Auslösung des postnatalen Saugreflexes erfolgt und der dabei erforderliche negative Druck durch gleichzeitiges Herabziehen von Zunge und Unterkiefer bewirkt wird und in dem nun beginnenden Schluckakt die Flüssigkeit über die Zungenlängs-

---

* Namen event. auswechseln.

rinne gelangt und durch die Spritzenstempelwirkung der Zunge und den zwangsläufig anwachsenden Rachenraumüberdruck in die Speiseröhre geschleudert wird, unter gleichzeitigem Einrasten der Kehlkopfsicherung, äußerlich wahrnehmbar an der vertikalen Adamsapfelverschiebung, bei jedoch passiver Zungenbeinstellung und Unterduckung des Kehlkopfes unter die Zunge, nun nach Nichteinsetzung der Schlundrohrperistaltik, nach Passieren des Kardinalsphinxters die Flüssigkeit in den Magen gelangt, dann muß ich immer ‚hick‘ machen!"

Beim Zwischenaufenthalt in Japan habe ich mir ein Samurai-Schwertkämpferturnier angesehen. Also die Samurais, das sind Künstler! Der erste schnappt sein Schwert, wartet bis eine Fliege kommt, zack, ein Schlag, Fliege in zwei Teile. Der zweite schnappt sein Schwert, wartet auch bis eine Fliege kommt, zack-zack, zwei Schläge, Fliege in vier Teile. Und da packte mich der Ehrgeiz! Schnappe mir ein Schwert, warte bis eine Fliege kommt, zack, ein Schlag, Fliege fliegt weiter! Meint der eine: „Du hast dein Ziel verfehlt, die Fliege fliegt ja weiter!" Ich sage: „Das stimmt. Fliegen tut die noch, aber mit der Fortpflanzung ist es aus!"

Auf dem Heimweg in Polen angekommen, habe ich einen Einheimischen gefragt: „Stell dir vor, du hättest drei Wünsche. Was würdest du dir wünschen?" Meint der: „Ich wünschte, die Chinesen würden in das freie Polen einmarschieren und am nächsten Tag wieder ausmarschieren." Ich frage: „Und zweitens?" Sagt der: „Ich wünschte, die Chinesen würden noch einmal in das freie Polen einmarschieren und am nächsten Tag wieder ausmarschieren." Ich frage: „Und drittens?" Fing der wieder an: „Ich wünschte, die Chinesen..." Ich sage: „Um Gottes willen, warum denn dreimal dasselbe?" Meint der: „Dann müssen die Chinesen sechsmal durch Rußland!"

In Leipzig habe ich meinen Freund besucht. Der hatte Riesen-
ärger, weil sein Papagei immer brüllte: „Nieder mit der SED!"
Prompt hatte er einen Gerichtstermin. Ich sage: „Rege dich nicht
auf! Ich kenne hier zufällig einen Pastor, der hat auch einen
Papagei und mit dem tauschen wir." Haben wir auch gemacht.
Der Gerichtstermin ist fällig, wir mit dem Tier zum Richter, haben
den vor ihn hingestellt und der Papagei sprach kein einziges
Wort. Wollte der Richter das Tier reizen und brüllt den Papagei
an: „Nieder mit der SED!" Da sagt der Papagei: „Herr, erhöre
unser Gebet!"

Kaum wieder daheim in Köln, ich in die nächste Wirtschaft rein.
Steht doch neben mir so ein kleiner Kerl, trinkt sein Bier, guckt
mich an und macht ‚pscht'. Ich sehe den scharf an. Da trinkt der
das zweite Glas Bier aus, guckt mich an und macht wieder
‚pscht'. Ich sage: „Wenn du das jetzt noch einmal machst, schnei-
de ich dir deinen Wassermann ab!" Der trinkt das nächste Bier,
guckt mich an und macht wieder ‚pscht'. Und da wurde ich un-
lustig. Ich den geschnappt, auf die Theke geknallt, Hose runter,
Messer raus. Ich gucke und sage: „Du hast ja gar keinen Wassermann! Wie machst du eigentlich Pipi?" Sagt der: „So, Pscht!!"

A l a a f !

Zwei Ehemänner auf einer Parkbank

(Tit und Teitscheid)

Z w i e g e s p r ä c h   v o n   H a r r y   F e y

A: Hallo, Herr Nachbar, nicht gut gelaunt?

B: Ach, meine Alte legt frische Bettwäsche auf und dann jagt sie mich immer aus dem Haus. Und das wiederholt sich jedes Jahr einmal, wenn die Bettwäsche schmutzig ist.

Und Sie? Warum sind Sie so früh schon hier auf der Bank?

A: Das ist so, immer wenn ich mit meiner Spielgefährtin Streit habe, nehme ich mir einfach den Hut und geh an die Luft.

B: Deshalb sehen Sie auch so gut aus — Sie sind wohl viel an der frischen Luft?!

A: Dabei ist meine Alte nicht die schlechteste! Wir waren jahrelang glücklich und zufrieden bis ...

B: Was heißt bis?

A: Bis wir geheiratet haben!

Also, wenn ich noch einmal heiraten würde, dann nur eine Chinesin.

B: Wieso? Stehn Sie auf Asiatinnen?

A: Nein, aber bedenken Sie doch — die Schwiegermutter in China!

B: Also da kann ich nicht mitreden, meine Schwiegermutter ist ein Engel.

A: Haben Sie aber ein Glück, daß ihre Schwiegermutter ein Engel ist — meine lebt noch!

Es sind ja manchmal nur winzige Anlässe, worüber ich mit meiner Frau schon mal in Streit gerate. So, gestern mittag. Ich will ja nicht behaupten, daß sie nach meinem Leben trachtet. Aber als es mir nach dem Essen im Magen etwas mulmig wurde, habe ich nur gesagt: „Kannst du mir einmal ganz genau aufschreiben, was alles in der Suppe war?" Sagt sie: „Wozu brauchst du denn das Rezept?" Ich sage: „Ich nicht, aber es kann ja sein, daß der Notarzt danach fragt!"

B: Wegen solchen Kleinigkeiten haben Sie zu Hause Unstimmigkeiten?! Da geht es bei mir daheim schon um handfestere Sachen. Gestern zum Beispiel erwischte mich meine Frau, wie ich vor dem Essen bete. Faucht sie mich an: „Das ist ja was ganz Neues von dir; ich hab dich noch nie vor dem Essen beten sehn." Ich sage: „Du hast ja auch noch nie Pilze gemacht!"

A: Wir müßten uns gegen die Weiber einmal konsequent zur Wehr setzen. Einmal richtig die Zähne zeigen.

B: Nutzt nichts, Herr Nachbar. Das habe ich vor zehn Jahren getan, jetzt fehlen mir hier vorne einige!

Nein, ich habe meine Frau jetzt schon soweit in der Gewalt! Also wenn ich sage, ich möchte punkt zwölf heißes Wasser haben, dann ist punkt zwölf heißes Wasser da.

A: Wozu brauchen Sie denn um diese Zeit heißes Wasser?

B: Weil ich punkt zwölf Uhr das Geschirr abwaschen muß!

Ich hätte es vorher wissen sollen, womit ich mich da einlasse. Man hat mich ja gewarnt, daß meine Frau mit fast jedem Mann in Hamburg schon etwas gehabt haben soll.

A: Und trotzdem haben Sie diese Frau geheiratet?

B: Naja, ich habe einmal nachgedacht — — — so groß ist Hamburg nun auch wieder nicht!

Und Ihre Frau? Hatte die vor Ihrer Ehe kein anderes Verhältnis?

A: Verhältnis? Ich möchte es einmal so ausdrücken: Wenn ihr bei jedem Verhältnis ein Stachel gewachsen wäre, säh sie heute aus wie ein Igel!

Aber Ihre Frau sieht doch sicher sehr gut aus?

B: Ich will sie Ihnen gerne einmal schildern. Also stellen Sie sich vor. Eine tolle Figur, einen herrlichen Busen, einen zuckersüßen Mund, einen knackigen Popo und geradezu klassische Beine. So, — können Sie sich das vorstellen? — Nun denken Sie sich alles weg; so sieht meine Alte aus!

A: Ja, haben Sie das denn nicht vor der Hochzeitsnacht gesehn?

B: Wissen Sie, das war ein reines Zahlenspiel. Sie sagte zu mir: „Ich geb dir Sex, wenn du acht gibst." Nun, da war ich im siebten Himmel und hab nicht gemerkt, daß sie schon im neunten Monat war!

A: Haben Sie viele Kinder?

B: Das ist eine interessante Geschichte. Also Urlaub an einem See — meine Frau war in anderen Umständen. Urlaub am Meer — meine Frau war in anderen Umständen. Urlaub in den Bergen — meine Frau war in anderen Umständen. Nur im

vergangenen Jahr gabs nichts — da bin ich einmal mitge-
fahren!

A: Also meine Frau ist da anders. Meine Alte rennt jede Nacht
von einer Wirtschaft in die andere.

B: Wieso? Ist sie Alkoholikerin?

A: Nein, nein, die sucht mich!

B: Eine Frage, Herr Nachbar. Wie alt sind Sie denn zur Zeit?

A: Ich bin fast siebzig Jahre alt.

B: Wenn Ihrer Frau einmal etwas zustoßen sollte, würden Sie
dann noch einmal heiraten?

A: Aber, aber, lieber Freund. Wer baut sich denn für ein paar
Schuß noch einen eigenen Schießstand?!

Ich habe das Thema mit meiner Frau aber neulich einmal
durchgesprochen. Sie sagte zu mir: „Was würdest du machen,
wenn ich einmal nicht mehr bin?"
Ich sagte: „Schatz, dasselbe was du machen würdest." Da
hat die mir vielleicht eine runtergehauen und gesagt: „Du
Lump, jetzt hast du dich verraten!"

B: Wenn ich heute so über alles nachdenke, bin ich wohl öfters
nicht auf Zack gewesen.

A: Sie geben also zu, auch mal einen Fehler gemacht zu haben?

B: Ja, erst diesen Frühling. Meine Alte rannte da den ganzen
Tag durch die Wohnung und sang ‚Der Mai ist gekommen'.

A: Da wäre ich aber froh gewesen, eine so lustige Frau zu haben.

B: War ich ja auch, bis ich dahinter kam, daß mein damaliger
Untermieter ‚Mai' heißt!

A: Ja, mit den Untermietern ist das so eine Sache. Bei mir wohnt seit zwei Jahren ein junger Polizist zur Untermiete.
Ich war ein Jahr auf Montage und trotzdem bekam meine Frau ein Baby.

B: Ja, ja, die Polizei dein Freund und Helfer!

A: Drum prüfe, wer sich ewig bindet,
ob sich nicht noch was besseres findet.

B: Denn wer ab und zu mal Milch will saufen,
braucht sich nicht gleich ne Kuh zu kaufen.

A: Heirat nicht um des Heiraten willen;
tu Gutes — das geht auch im Stillen!

A l a a f !

Ne Trötemann

Büttenrede von Karlheinz Jansen

Der Vortragende kommt in der Maske eines Musikers einer Blaskapelle. Er hat als Requisit eine übergroße Tuba (die ggf. auch durch ein anderes Blasinstrument ersetzt werden kann).

Er wird angesagt: Wir empfangen das weltbekannte Showorchester »The Royal Drum Bumsers«.

Wenn Sie das vor sich hätten, was ich hinter mir habe! — Ich bin in der glücklichen Lage, Ihnen die traurige Nachricht bringen zu können, daß das bekannte Tanz- und Showorchester „The Royal Drum Bumsers von 1879 en gros und en detail" wegen einer technischen Störung leider Gottes, Gott sei Dank auf dieser kulturell so hochstehenden Veranstaltung nicht auftreten kann. Nur wer unseren Kulturkampf auf der Bühne schon einmal erlebt hat, weiß was Ihnen heute verloren geht!

Vierzig junge, gottbegnadete Musiker, eine Falschspielertruppe, wie man sie links des Äquators nicht mehr findet, wurden gestern nach einem kurzen aber heftigen, von allen mit großer Geduld ertragenen Musikstück — von der Bühne getreten. Das ist vielleicht ein Gefühl, wenn man irgendwo runter muß und will nicht!

Also das kam so. Wir hatten ein Gastspiel in . . . *(einen Ort einsetzen)*. Junge, was haben wir uns gefreut. Wir haben sofort die Kapelle verstärkt, von 20 Mann auf 40. Das tun wir immer. 20 Mann stehen auf der Bühne und der Rest steht an der Türe und hält sie zu. Eine reine Vorsichtsmaßnahme, damit keiner laufen geht!

Dann haben wir noch zwei bayrische Mädchen für die Jodelpartie eingestellt. Jetzt kamen die. — Die reisten mit eigenen Alpen *(auf die Brüste zeigen)* an, wegen dem Echo! — Jetzt weiß ich auch, weshalb die Bayern immer nur jodeln. Wenn sie lesen könnten, würden die singen!

Mit der Kapelle sind wir dann ins Trainingslager gezogen. Unser Kapellmeister war schon da. Ich hatte ihn zuerst gar nicht gesehen. Der ist so schmal, ich dachte zuerst, es wäre eine Klarinette. Wenn der Himbeersaft trank, sah der aus wie ein Fieberthermometer!

Unser Kapellmeister sagte: „Wenn wir in ...... auf der Bühne stehen, braucht ihr nicht viel zu können. Am Anfang wenn ich so komme *(der Redner macht eine Bewegung mit dem Arm)*, fangen wir alle geschlossen an. Das macht einen guten Eindruck und dann könnt ihr spielen was ihr wollt. Ab und zu seht ihr mal auf die Noten und wenn da unten nichts mehr steht, dann Vorsicht, langsam bremsen, dann ist der Marsch nämlich zu Ende." Ich liege meistens drei bis vier Sekunden hinter dem Ersten!

Wir haben noch viel geübt, so zum Beispiel die Paraphrase über das Lied: Hundedreck am Autoreifen gibt beim Bremsen braune Streifen!

Am letzten Trainingstag haben wir uns dann noch einmal zusammengerauft und haben zusammen ‚Opernball' gespielt. Da war ich gut, da habe ich 4 : 2 gewonnen!

Und dann fuhren wir alle nach ...... *(Ort einsetzen)*. Wir kommen am Bahnhof an, da hatte mich schon jemand erkannt. Fragte der mich: „Sind Sie einer von den berühmten Bumsern, die heute abend das Konzert geben? Da wollte ich nämlich hin. Wann fangen Sie denn an?" Ich sage: „Wann können Sie denn da sein?"

Trotzdem, der Saal war so brechend voll, daß wir zuerst nur plattdeutsche Lieder spielen konnten!

Der Eintritt war ja frei, deshalb war es auch so voll. Nur wer früher hinaus wollte, mußte zehn Mark bezahlen. Da stehen wir uns finanziell bedeutend besser!

Das Konzert begann. Wir haben zuerst nur in der Klassik herumgemengt, dann haben wir ,Operette sich wer kann' gespielt. Wie wir gespielt haben ,O Maria voll der Gnaden, vier Paar Söck und doch keine Waden', da fing der Weihbischof mit den Ehrengästen an zu schunkeln!

Es wurde unruhig im Saal. Der Kapellmeister meinte: „Trötemann, es ist Zeit für dein Solo. Nur das kann uns noch retten!" Ich trete an die Rampe und sage zum Publikum: „Ich spiele Ihnen jetzt zur besonderen Erbauung das Lied ,Wenn ich ein Vöglein wär'." Steht doch einer im Publikum auf und ruft: „Und wenn ich dann ein Gewehr hätte!"

Ein Sturm brach los. Viel weiß ich nicht mehr, aber einer muß wohl mit Tomaten geworfen haben. Mich haben se nicht getroffen. Die Tomate flog an mir vorbei und trifft ausgerechnet unseren Mann am Zimmdeckel. Der ist sowieso genug gestraft, der hat nämlich links ein Glasauge. Die Tomate traf ihn aber genau auf dem gesunden Auge. Springt der doch geistesgegenwärtig auf und ruft in den Saal: „Das ist richtig so, jetzt ist Tangotime, jetzt haben se das rote Licht angemacht!"

> Liebe Leut, für heut mach ich jetzt Schluß,
> meine Tröte blieb still, doch der Genuß
> von schöner Musik allemal
> bringt die Kapell euch in den Saal.
> Viel Freud euch noch, ich geh so schnell ich kann.
> Das war es, euer Trötemann.

> A l a a f !

Ne Kölsche Fetz

Büttenrede von Wolfgang Lutter

Nein, war das wieder ein blöder Tag. Heute morgen, **meine Mut-** ter schlief noch, da schellte es schon an der Tür. Ich sage: „Mam, da ist ein Mann. Der möchte dich sprechen." Rief sie: „Laß ihn herein und biete ihm einen Stuhl an." Darauf ich: „Das habe ich schon getan, aber der will die anderen Möbel auch noch haben!"

Als ich meinen Vater im Krankenhaus besuchen wollte, bin ich zuvor in einen Buchladen um ihm ein Buch zu kaufen. Meinte der Verkäufer: „Soll es etwas religiöses sein?" „Nein", sage ich, „so schlecht geht es ihm nun auch wieder nicht!"

Nach meiner Schulentlassung habe ich mich auch direkt um eine Lehrstelle bemüht. Ich wollte mich bei einer Firma vorstellen, bin aber erst gar nicht hineingegangen. Die hatten ein Schild an der Türe: Suchen Lehrlinge beiderlei Geschlechts. Ich frage euch — wer hat das schon?!

Beim Kaufhof habe ich dann aber doch eine Lehrstelle bekom- men. Mein Chef meinte zu mir: „Du machst hier jede Woche eine andere Abteilung durch, bei den Möbeln fängst du an." Nach einer Zeit kam dann auch eine feine Dame und meinte: „Das Schlafzimmer gefällt mir ja sehr gut, nur den Toilettentisch den brauche ich nicht. Ich ziehe nämlich in einen Neubau und da haben wir die Toilette im Badezimmer!"

Montags kam ich dann in eine andere Abteilung. Sagte dort der Abteilungsleiter: „Merke dir eins bitte, du mußt hier selbst sehen, wo etwas fehlt und etwas nötig ist." Ich sage: „Ist in Ordnung, dann sagen Sie Ihrer Frau, Sie hätten ein sauberes Hemd nötig!"

Darauf er: „Willst du mich und meine Frau beleidigen?" Ich sage: „Regen Sie sich doch nicht auf, Ihre Frau hat sowieso einen Buckel." Meint der: „Ich bin nun schon zwanzig Jahre verheiratet und mir ist bis heute noch nicht aufgefallen, daß meine Frau einen Buckel hat!" „Ja und?" sage ich, „meinen Sie, der kommt wenn Sie daheim sind?!"

Ja die Frauen! Die geben ja nie etwas zu, auch nicht wenn sie Unrecht haben. Neulich hatten meine Mutter und mein Vater einen kleinen Krach. Da hat sie ihm doch einen Stein an den Kopf geworfen. Mein Vater hatte nämlich gesagt: „Wer ohne Schuld ist, werfe den ersten Stein!"

Komme ich doch neulich an der Kleiderabteilung vorbei, fragt mich eine rothaarige Frau: „Jung, paßt das rote Kleid gut zu meinem Haar?" Ich sage: „Überhaupt nicht! Wir haben aber hier ein gelbes Kleid, das paßt wunderbar zu Ihren Zähnen!"

Eines Samstags kam mich meine Mutter im Laden besuchen. Sie wollte einen Eimer OMO kaufen. Ich sage: „OMO kommt erst nächste Woche wieder rein." Mein Abteilungsleiter nahm mich zur Seite: „Das machst du falsch. Du mußt dann fragen: Kann es nicht auch PERSIL sein?" Zehn Minuten später kam ein Kunde der wollte Toilettenpapier. Hatten wir leider nicht da. Ich sage: „Haben wir nicht, kann es denn nicht auch Schmirgelpapier sein?"

18

Nach ein paar Wochen mußte ich auch in die Berufsschule. Ich fragte dort meinen Freund: „Wie bist du denn mit deinem Chef zufrieden?" Meint der: „Der ist soweit prima, er hat nur eine dumme Angewohnheit. Der schlägt bei jeder Gelegenheit die Hände über seinem Kopf zusammen." Ich sage: „Das macht meiner auch. Nur ist meistens mein Kopf dazwischen!"

Beim Domjubiläum war in Köln ja was los. Ein altes Mütterchen stand am Dom vor einer Parkuhr. Sie warf 50 Pfennig hinein und ging zur nächsten Parkuhr. Dort warf sie wieder 50 Pfennig hinein. Wie sie aber dann an der Ecke angelangt war und sah noch weitere zwanzig Parkuhren, meinte sie: „Auch wenn Jubiläum ist, zwei Opferstöcke hätten schließlich gereicht!"

Vorige Woche hatten meine Großeltern ihre Goldene Hochzeit. Höre ich wie die Oma zum Opa flüstert: „Weißt du noch, vor fünfzig Jahren, da hast du mir immer ganz verliebt ins Ohrläppchen gebissen. Machs doch noch mal!" Meint der Opa: „Muß das denn sein?! Da muß ich mir ja jetzt extra das Gebiß einsetzen!"

A l a a f !

Et Julchen

Damen-Büttenrede von Marita Köllner

Nein, war das in diesem Jahr wieder eine Urlaubsreise. Wir stehen am Landungssteg des Tegernsees um eine Schiffsreise zu machen. Plötzlich sprintet mein Jodokus los, fliegt olympiareif durch die Luft und landet wie ein nasser Lappen mit dem Bauch auf dem Dampfer. Ein Matrose stellt ihn mühsam wieder auf die Beine. „Och", jubelt mein Jodokus, „da habe ich aber Glück, daß ich das Schiff im letzten Moment noch erwischt habe!" „Was heißt im letzten Moment?" erwiderte der Matrose, „wir legen doch gerade erst an!"

Und dann unterhielt sich mein Alter mit seinem Lebensretter. Fragt Jodokus: „Kannst du mir verraten, wie man ein oberbayrisches U-Boot versenken kann?" Das wußte der Matrose nicht — aber mein Jodokus: „Kopfsprung ins Wasser, tauchen, anklopfen — irgendein Depp macht dann schon auf!"

Wenn man schon in den Alpen ist, muß man natürlich auch auf eine Alm. Wir also rauf. Unterwegs fragt mich mein Jodokus: „Warum hat denn die Kuh dort keine Hörner?" Ich sage: „Erstens bekommt die Kuh erst Hörner wenn sie älter ist, zweitens stößt die Kuh die Hörner im Alter wieder ab und drittens ist das dort keine Kuh, sondern ein Pferd!"

Auf der Alm angekommen, haben wir erst einmal anständig Brotzeit gemacht. Da setzt sich doch so ein Leberknödelamor neben mich und fragt: „Darf ich Sie einmal küssen?" „O", antworte ich ganz verlegen, „da habe ich aber Skrupel!" Darauf der Bayer: „Das macht nichts, ich bin geimpft!"

Stöhnt so ein Flachländler: „Ich hätte mal wieder richtige Lust, die Sennerin zu vernaschen." Fragt den Jodokus: „Hast du die denn schon mal?" „Nein", meint da der Flachländler, „ich hatte aber schon öfter Lust dazu!"

Wie aus heiterem Himmel fragt mich plötzlich dieser Möchte-gern-Casanova: „Findest du schwarze Strapse auch so toll sexy?" „Ja", sage ich, „aber was meinst du, was das für eine Arbeit ist, bis der Jodokus die Dinger am Leib hat!"

Als wir nach 25 doppelten Enzian aus der Hütte wackeln, sahen wir plötzlich unterhalb der Alm ein Schrottauto. Mein Jodokus sofort hin, montiert das Lenkrad ab und rast damit den Berg runter. Ich hinterher. Unten im Dorf bremst er plötzlich in einer Staubwolke vor der Tankstelle und brüllt: „Ich hätte gern zehn Liter Super!" Meint der Tankwart: „Bei Ihnen ist wohl eine Schraube locker?!" „Siehst du Frau", sagt da Jodokus, „kaum hat man ein Auto, fangen auch schon die Reparaturen an!"

Aber mein Jodokus ließ sich nicht beirren und fuhr weiter. Ich wieder hinterher. Plötzlich wurde es so merkwürdig duster über uns. Ich frage: „Bist du Nudel vielleicht irrtümlich in einen Tunnel gefahren?" Sagt der: „Sei nur ruhig und mach mich nicht ner-vös. Über uns fährt gerade ein LKW mit zwei Anhängern!"

Weil der LKW meinen Jodokus mit dem Nummernschild einen Scheitel quer über den Kopf gezogen hatte, kam mein Alter ins Spital.

In seinem Zimmer lag einer, der hatte den ganzen Kopf voller Beulen. Ich frage die Schwester: „Was ist denn mit dem passiert?" Meint die: „Der wollte sich erhängen!" Ich frage: „Und wie kommt der an die vielen Beulen?" „Ja", meint die Schwester, „das war ne tolle Sache. Der hatte ein Gummiseil genommen!"

Ein Bett weiter lag einer, der war von oben bis unten verbunden. Ich frage die Schwester: „Und was hat der?" „Ja", sagt sie, „der wollte das Rauchen aufgeben und hat seine letzte Zigarette an einer Tanksäule ausgedrückt!"

Draußen auf dem Flur höre ich gerade wie ein frischgebackener Vater zu seinem Filius sagt: „Der Klapperstorch hat uns ein Schwesterchen gebracht." Der Kleine schaut seinen Vater an, schüttelt den Kopf und sagt: „Nein, das soll einer verstehen! Draußen laufen die tollsten Weiber rum und mein Vater poussiert mit einem Storch!"

In diesem Moment kommt der Doktor freudestrahlend auf mich zu und sagt: „Eben hielt ich Ihren Mann noch für einen Todeskandidaten, aber jetzt kann ich Ihnen die freudige Mitteilung machen — sein Leben ist gerettet!" Ich sage: „Herr Doktor, machen Sie bloß keinen Quatsch! Ich habe doch schon seine Anzüge verkauft!"

Kaum war mein Jodokus wieder daheim, wurde er auch schon wieder keck. Steht doch der Knollenjupp vor der Tür und fragt: „Gehst du mit ein Bier trinken?" „Nein", sagt Jodokus, „ich kann nicht, wegen meiner Frau." „Mensch", meint da der Jupp, „bist du eigentlich ein Mann oder eine Maus?" Darauf Jodokus: „Ein Mann natürlich, vor Mäusen hat meine Frau Angst!"

Neulich kam er doch auf die Schnapsidee, eine Hühnerfarm aufzumachen. Er ging also in eine Tierhandlung und kaufte 100 kleine Küken. Eine Woche später kaufte er nochmals 100 Küken. Als er dann ein drittes Mal Küken nachkaufen wollte, fragte ihn der Händler: „Klappt das wohl mit der Hühnerfarm nicht so richtig?" „Nein", meint da Jodokus, „irgend etwas mache ich verkehrt. Entweder pflanze ich die Tiere zu tief oder zu nahe beieinander!"

Vor ein paar Tagen hat er auch noch Hühnerfutter mit Sägemehl verwechselt. Jetzt haben wir die Bescherung. Elf Hühnchen haben ein Holzbein und eins geht als Specht!

Alaaf!

Ne Blötschkopp

Büttenrede von Kurt Freischläger

Komme ich neulich mit leichter Schlagseite aus meiner Stamm-
kneipe. Quatscht mich doch so ein vergammelter Pennbruder um
eine Mark an. Mann, was hat der Kerl dreckig und verlaust aus-
gesehen! Ich sage zu dem: „Wie kommst du mir vor?! Du willst
das Geld doch nur mit leichten Mädchen verprassen!" „Nein",
meinte der, „ich hab noch nie etwas mit einem Mädchen gehabt!"
Ich sage: „Dann möchtest du mein teuer verdientes Geld wohl
versaufen?!" „Nein", meinte der, „ich bin Antialkoholiker!" Ich
sage: „Dann willst du die Mark bestimmt verwetten!" „Nein",
meint der wieder, „ich spiele nicht einmal Lotto!" — Da habe ich
dem zwanzig Mark gegeben, ihn mit zu meiner Frau geschleppt
und zu ihr gesagt: „Schau mal, Liebling, so sieht ein Mann aus,
der keine Laster hat!"

Also meine Frau ist ja ein Drama. Gestern meinte sie: „Du be-
handelst mich schlechter als unseren Hund!" — Und das nur, weil
ich ihr keine Halskette kaufen will!

Wegen meiner Frau war ich neulich beim Arzt. Ich sage: „Herr
Doktor, meine Frau glaubt, sie wäre ein Auto." Fragt der: „Wie
alt ist sie denn?" Ich sage: „45 Jahre." Meint der Arzt: „Fünfund-
vierzig?? — Verschrotten!"

Dann fragte er mich, ob meine Frau noch den Ärger mit dem
Stoffwechsel hat. Ich sage: „Sie nicht, aber ich! Die will immer
noch jede Woche ein neues Kleid haben!"

Wir haben fünfzehn Kinder. Jetzt will ich aber keine mehr. Ich sage zu meiner Frau: „Ab morgen stelle ich mein Bett auf den Speicher." „Ja", sagt sie, „wenn du meinst, daß es hilft, komme ich auch mit auf den Speicher."

Beim letzten Regen klingelte es plötzlich. Ich mache die Tür auf und wer steht da — meine Schwiegermutter. Ich sage: „Um Himmels willen, Schwiegermutter! Warum stehst du denn im Regen?! Geh doch lieber nach Hause!"

Letzte Woche stand ein Vertreter vor der Türe und fragte: „Können Sie keine Hosenträger gebrauchen?" „Nein", sage ich, „ich trage meine Hosen immer allein!"

Am Samstag war ich mit meinem Bruder in der Oper. Mit jedem kriegt der Krach, weil er seinen Mund nicht halten kann. Im letzten Akt, kurz vor Schluß, mußte der mal. Ich sage: „Dann geh doch, das kannst du doch wohl alleine, oder nicht?!" Draußen an der Garderobe traf ich ihn wieder. Meint er: „Habe ich was verpaßt?" „Nein", sage ich, „nicht, daß ich wüßte! Die Sängerin hat ihre Arie zu Ende gesungen. Dann kamst du auf die Bühne und hast in die Kulisse gepinkelt und dann fiel auch schon der Vorhang!"

Nach der Oper waren wir noch eine Kleinigkeit essen. Meinte mein Bruder: „Das war aber ein schlechtes Lokal. Die Suppe war versalzen, das Gemüse war kalt und das Fleisch war zäh!" „Ja", sage ich, „und wenn wir nicht so schnell gegangen wären, hätten wir das alles auch noch bezahlen müssen!"

In der letzten Woche bin ich aufs Rathaus gegangen. Ich sagte zu dem Beamten: „Ich möchte meinen Namen ändern lassen." Meint der Beamte: „Warum?" Ich sage: „Ich habe gestern auf der Hauptstraße eine Schachtel Visitenkarten gefunden!"

Bei der Glücksspirale habe ich im vergangenen Jahr eine Reise nach Amerika gewonnen. Waren wir auch in einem Indianerdorf. Fragte dort so ein kleiner Indianerjunge seine Mutter: „Warum heißt meine Schwester ‚Aufgehende Sonne'?" Darauf seine Mutter: „Weil sie bei Sonnenaufgang gezeugt wurde." „Und warum heißt meine andere Schwester ‚Blaue Blume'?" Seine Mutter darauf: „Weil sie im Kornfeld gezeugt wurde. Aber warum willst du denn das alles wissen, ‚Zerrissener Gummi'!"

Da habe ich mich doch in der letzten Woche mit einem Löwenbändiger vom Zirkus unterhalten. Hat der vielleicht mit seinen Löwen angegeben! „Ja", sage ich, „letzten Sonntag standen vor mir auch zwei Löwen nur drei Meter entfernt!" „Mann", sagt der, „was hast du denn da gemacht?" „Och" sage ich, „nichts. Ich bin dann weiter zum Affenkäfig gegangen!"

Mein Freund hat in letzter Zeit immer Ärger mit den Beamten. Gestern meint er: „Ich werde mich bei der Oberpostdirektion über unseren Briefträger beschweren." Ich frage: „Warum denn? Kommt der immer zu spät?" „Nein", sagt der, „der sitzt jeden Mittag in meinem Apfelbaum und reizt meinen Schäferhund!"

A l a a f !

Ein Tourist

Büttenrede von Willi Dingler

In diesem Jahr sind wir nach Frankreich gefahren. An der Grenze kam der Zöllner und fragte: „Haben Sie etwas zu verzollen?" Ein altes Mütterchen schüttelte zwar den Kopf, mußte aber trotzdem den Koffer öffnen. Meinte der Zöllner: „Was sind denn das für Flaschen?" Darauf sie: „Das ist geweihtes Wasser aus Lourdes." Der Zöllner öffnet eine Flasche, riecht dran und sagt: „Das ist doch Kognak." Darauf die Oma mit einem verklärten Blick: „Schon wieder ein Wunder!"

Ein anderer Tourist hatte einen Papagei bei sich. „Nein", sagte der Zöllner, „lebende Tiere sind zollpflichtig. Nur tote und ausgestopfte Tiere sind zollfrei!" Kreischte der Papagei: „Mensch, mach bloß kein Scheiß!"

Ich fragte einen Mann: „Gibt es in Lourdes wirklich Wunder?" „Ja", meinte der, „gewiß doch. Ich bin als kleiner Bengel einmal mit dem Fahrrad in Lourdes gewesen, da ist mir doch das alte Rad in die Quelle gefallen. Als ich es wieder herausziehe, da waren neue Reifen drauf!"

Erzählte eine Frau: „Wunder gibt es da wirklich! Ich habe früher keine Kinder bekommen und da bin ich nach Lourdes gefahren und habe eine Kerze aufgestellt. Heute habe ich zehn Kinder!" Ich frage: „Und warum fahren Sie nun wieder nach Lourdes?" Antwortet die: „Ich blase die Kerze aus!"

Einer hatte einen prächtigen Schäferhund bei sich. Ich sage: „Das ist aber ein selten schönes Tier!" „O", meint der, „den habe ich von einem Kollegen für meine Frau bekommen." Ich sage: „Da haben Sie aber einen guten Tausch gemacht!"

Pöbelte doch so ein Halbstarker eine etwas zu platt geratene Frau an: „Sie haben aber wenig Holz vor der Hütte!" Aber die Frau war schlagfertig und sagt zu dem Flegel: „Um dein Würstchen zu braten, reicht es aber immer noch!"

Als ich mich im Hotel gerade ins Gästebuch eintrage, lief doch da eine Wanze über das Blatt. Ich sage: „Das ist aber ein starkes Stück! Da kommt das Ungeziefer schon nachschauen, was ich für eine Zimmernummer habe!"

Aber der Ober war ja klasse. Fragt der mich: „Möchten Sie den Toast lieber mit spanischen, portugiesischen oder französischen Ölsardinen?" Ich sage: „Das ist mir egal! Ich möchte se essen und mich nicht mit denen unterhalten!"

Im Speisesaal hing ein Schild mit der Aufschrift: Lieber deutscher Tourist! Schimpfe nicht über unsere Brötchen und den Kaffee, denn auch du wirst einmal alt und schwach!

Nachmittags bin ich dann angeln gegangen. Am Ufer saß ein Tippelbruder und rupfte eine Ente. Als ein Polizist vorbei kam, warf er die Ente schnell ins Wasser und schaute ganz unschuldig in die Gegend. Der Polizist zeigte auf das Gras und fragte: „Wo hast du die Ente gestohlen?" „Was für eine Ente?" meint der Tippelbruder. Darauf der Polizist: „Und wo kommen die Federn her?!" „Ach so", sagt der Tippelbruder, „die Federn! Die Ente wollte baden gehen und da hat sie mich gefragt, ob ich nicht auf die Federn solange aufpassen könnte!"

Kam doch einer ganz aufgeregt und fragte: „Ist hier eine Frau mit einem roten Hut vorbeigekommen?" Ich sage: „Ja, vor einer Viertelstunde." Darauf der: „Kann ich die noch einholen?" „Sicher", sage ich, „die Strömung ist ja heute sehr schwach!"

Am anderen Tag traf ich doch einen alten Kollegen im Hotel wieder. Der hatte sich vielleicht herausgemacht: Dicker Mercedes — Geld wie Heu usw., usw. Ich frage: „Mensch, wie hast du das bloß gemacht?" Darauf er: „Alles mit Wetten verdient." Ich sage: „Damit kann man aber doch nichts verdienen!" „Doch", grinst der, „ich wette mit dir um hundert Mark, daß du Hämorrhoiden hast." Ich sage: „Die Wette hast du verloren! Ich habe keine Hämorrhoiden." Meint der: „Das will ich sehen. Komm ans Fenster!" Wir ans Fenster, ich die Hose runter. Der guckt und sagt: „Du hast gewonnen. Hier hast du die 100 Mark." Darauf ich: „Siehst du, man kann damit nichts verdienen." Sagt der doch zu mir: „Denkste! Sieh mal aus dem Fenster. Da stehn fünfzig Leute da unten! Mit denen habe ich für jeweils hundert Mark gewettet, daß du am Fenster die Hose hinunterläßt!"

> Als Tourist reise ich um die ganze Welt
> und bleibe da, wo es mir gefällt.
> Aber am schönsten ist es allemal
> im Fasching und im Karneval!

A l a a f !

Ne geplagte Mutter

Damen-Büttenrede von Josi Kürten

Als mein Mann mich heiratete, war ich seine Sternschnuppe. Jetzt ist der Stern untergegangen, jetzt bin ich ihm nur noch schnuppe!

Er sagte gestern zu mir: „Du hast ein Figürchen wie ein Reh, — oder wie heißt dat Tier mit dem großen Rüssel?!"

Ich sage: „Quatsch nicht so viel und geh mir lieber beim Bäcker zehn Brötchen kaufen!" „Wat", meint er, „bei dem Sauwetter schickt man noch nicht einmal einen Hund vor die Tür." Darauf ich: „Ich hab ja auch nicht gesagt, daß du den Hund mitnehmen sollst!"

Seit voriger Woche hat mein Mann ein neues Gebiß. Da sind fünf Goldzähne dran. Seitdem schläft er nachts mit dem Kopf im Geldschrank!

Zu Weihnachten hab ich mir von ihm einen Breitschwanzmantel gewünscht. „Hau", meint er, „der ist aber teuer, wie wär et denn mit Klaue?" „Ja", sage ich, „auch gut. Aber paß auf, dat du nit geschnappt wirst!"

Heute morgen stand in der Zeitung, daß der Heiratsvermittler, bei dem wir zwei uns gefunden haben, ermordet worden ist. Wie ich dat meinem Mann vorlas, sagt der: „Ich hab en Alibi!"

Unsere Tochter hat einen neuen Freund. Ich sage: „Du mußt aber mit deinem Zukünftigen nicht vor der Ehe . . .; du weißt schon, was ich meine." Da sagt die: „Und warum ausgerechnet nicht mit dem?"

Ich warnte die: „Paß auf, daß der dich nicht vergewaltigt. Du kannst dich doch wehren, du bist doch stark." „Ja, stark bin ich, Mama", meint sie, „aber immer wenn ich lachen muß, dann habe ich keine Kraft mehr!"

Jetzt hat sie sich eine eigene Wohnung gesucht. Sie wollte von dem Hauseigentümer sechs Wohnungsschlüssel haben. Da hat der gesagt: „Wollen Sie sich nicht besser ne Drehtür einbauen lassen?"

Ne neue Stelle hat meine Tochter auch. „Weißte, Mama", sagt sie, „mein neuer Direktor legt großes Gewicht auf seine Sekretärinnen." „Och", frage ich, „wie schwer ist er denn?"

Einen Kleinwagen hat sie sich auch gekauft. Wie sie ihn gestern auf der Straße wusch, kam ein junger Mann vorbei und meinte: „Na, Fräulein, kriegen Sie mit dem Gerät auch Luxemburg?"

Heut mittag wollte mein Mann Fisch zum Essen haben. Im Geschäft fragte ich den Verkäufer: „Ist der Fisch auch frisch?" „Natürlich", sagt der, „eine Mund-zu-Mund-Beatmung und der schwimmt wieder!"

Vor zwei Jahren kam ich aus dem Urlaub zurück und war schwanger. Im vorigen Jahr dasselbe Theater. Jetzt mach ich es anders. In diesem Jahr fahre ich mit meinem Mann in Urlaub!

Ich muß jetzt gehen, macht euch viel Freud,
denn lachen hat noch keiner bereut.

A l a a f !

Jupp, der Familienvater

Büttenrede von Hans-Jürgen Loschek

Kinder, Kinder das sind Zeiten! Alles redet von Geburtenrückgang und Pillenknick. Ich habe die Pille dreimal überlistet. Das Ergebnis sind drei Mofajongleure, echte Hormon-Kanonen. Die sind durch Antibiotika und Umweltschmutz so groß geworden, daß sie mich immer fragen: „Papa, wie ist die Luft da unten?"

Der Jüngste, der Gottlieb, ist 12 Jahre alt und schon ganz schön pfiffig. Neulich war in seiner Schule der Schulrat. Der hat ihn streng angeschaut und gefragt: „Was weißt du über den ‚Zerbrochenen Krug'?" Hat er geantwortet: „Herr Schulrat, das war ich nicht!" Auch sein Klassenlehrer hat gesagt: „Nein, Herr Schulrat, Gottlieb war das nicht. Der ist ein guter Schüler!" Der Schulrat in seiner Wut rannte sofort zum Direktor und erzählte ihm diesen Vorfall. Da holte der Direktor seine Geldbörse heraus und sagte: „Hier, Herr Schulrat, nehmen Sie die 20 Mark und vergessen Sie den Krug!"

Der Schulrat war über diese Aussagen so verbittert, daß er sofort ins Kultusministerium fuhr. Er erzählte dem Kultusminister diese unglaubliche Geschichte. Meinte der: „Ja, Herr Schulrat, ich meine es muß der Direktor gewesen sein, sonst hätte er Ihnen ja nicht die 20 Mark angeboten!"

Als Gottlieb letzten Sonntag das erste Mal mit Oma und Mama in der Kirche war, erzählte er mir anschließend, was er erlebt hatte: „Papa, da war vielleicht was los! Als wir uns in die Kirche reingedrängt hatten, da wurden wir schon getrennt. Oma und Mama auf die eine Seite und ich auf die andere. Und dann kam so'n Langer mit Hut und zwei Kleine rein. Die sind gleich durch die ganze Kirche gegangen bis vorne an die Theke. Dann hat der Lange seinen Hut abgesetzt und der eine Kleine hat den Hut geklaut und ihn in so'n Raum versteckt. Als der Lange das gemerkt hat, da drehte er sich zu uns rum, nahm beide Arme hoch und hat gemurmelt: „Der Hut ist weg! Der Hut ist weg! Der Hut ist weg!" Dann hat er in den Schrank geschaut, der auf der Theke stand. Aber der Hut war da auch nicht drin. Als nächstes hat er so'n kleinen Eimer von der Theke genommen, aber da war der Hut auch nicht drin. Dann hat er den Eimer ausgeputzt und wieder auf die Theke gestellt. Dann hat der Kleine, der den Hut geklaut hat, gebimmelt. Wir alle auf die Knie und den Hut gesucht. Keiner hat ihn gefunden. Dann hat der Lange in so'n großes Buch geguckt und immer wieder geblättert. Aber da stand auch nicht drin, wo der Hut war. Da kam noch ein vierter Mann mit so'n großen Beutel. Der ist durch alle Reihen gegangen und hat gesammelt für nen neuen Hut. Dann haben die beiden Kleinen zusammen gebimmelt und was meinste, der eine Kleine ist in den einen Raum gegangen und hat den Hut wiedergeholt. Mensch, hat der Lange sich da gefreut. Wir mußten alle aufstehen und dann hat der Lange mit uns ganz laut gesungen, so hat der sich gefreut. — Aber Papa, weißt du was mir nicht gefallen hat? Meinst du, die hätten uns das Geld wiedergegeben, was sie für den neuen Hut gesammelt haben!"

Der Mittelste, der Gottfried, ist 14 Jahre alt und kommt ganz auf den Vater raus.
Neulich hat sich in der Schule ein neuer Lehrer vorgestellt. Der wollte aber auch die Namen der Schüler wissen und was die Väter für einen Beruf ausüben. Hat der Ernst gesagt: „Mein Vater ist bei der AEG beschäftigt. Er ist in der Lackiererei und taucht Schaltschranktüren."

Dann kam der Klaus: „Ja, mein Vater ist auch bei der AEG beschäftigt. Er ist in der Lackiererei und taucht Abdeckbleche."
Sagt der Lehrer zu unserem Gottfried: „Na, dein Vater ist wohl auch in der Lackiererei bei der AEG beschäftigt und taucht sicherlich ganze Verteilerkästen?" „Nein", sagt unser Gottfried, „mein Vater ist im Betriebsrat, der taugt gar nichts!"

Ansonsten hat unser Gottfried auch Unterricht bei einer Lehrerin. Vor kurzem hatte die ein Kleid mit einem sehr gewagten Ausschnitt an. Als unser Gottfried immer nur dahin starrte, da sagte sie ganz barsch zu ihm: „Wenn du weiterhin immer nur dahin starrst, dann kriegst du eine! Hat doch der Junge gefragt: „Und wer kriegt die andere?"

Montags in der letzten Stunde macht die Lehrerin immer Allgemeinbildung. Sie sagt dann: „Wer meine Fragen beantworten kann, hat bis Mittwoch frei!"
Am ersten Montag fragte sie: „Wieviel Blätter haben die Bäume im Sauerland?" Keiner wußte es, alle waren sauer.
Am zweiten Montag fragte sie: „Wieviel Sandkörner sind wohl in der Wüste Sahara?" Wieder wußte es keiner.—
Unser Gottfried kam nach Hause, nahm zwei Hühnereier, malte sie schwarz an und klebte sie zusammen.
Am dritten Montag legte er sie der Lehrerin vor der letzten Stunde auf das Pult. Diese kam in die Klasse, sieht die Eier und fragt ganz erstaunt: „Wer ist denn der Künstler mit den zwei schwarzen Eiern?" Antwortete unser Gottfried: „Sammy Davies jun.! — Tschüs, bis Mittwoch!"

Der Älteste, der Gotthold, ist 16 Jahre und ganz die Mama.
In den letzten Ferien waren alle drei beim Großvater auf dem Bauernhof in der Lüneburger Heide. Unser Gotthold sollte für die Schule ein Feriengedicht schreiben. Der Lehrer hatte gesagt, es sollte sich reimen und das Wort ‚wahrscheinlich' müßte darin

vorkommen. Nun saß unser Gotthold beim Opa in der Stube und wartete auf die Dinge, die da kamen. Erst sah er den Knecht und er schrieb: „Der Knecht geht über'n Hof so froh, wahrscheinlich holt er Stroh."

Dann erschien die Magd und Gotthold schrieb: „Die Magd geht hinterher, wahrscheinlich holt sie mehr." Als sich dann nichts mehr tat, ging Gotthold in die Scheune und was er dort sah, das schrieb er wieder auf:

„Die Magd liegt auf dem Rücken, der Knecht liegt obenauf, er tut noch etwas zucken, wahrscheinlich stirbt er auch!"

Letztlich hatten die drei Lauser den Opa in der Mangel. Fragt unser Gottlieb: „Opa, kann ich ein Fahrrad bekommen?" „Nein", antwortet der Opa, „erst wird der Mähdrescher bezahlt!" Fragt unser Gottfried: „Opa, kann ich ein Mofa bekommen?" „Nein", sagt der Opa, „erst wird der Mähdrescher bezahlt!" Fragt unser Gotthold: „Opa, kann ich ein Moped bekommen?" „Nein", erwidert der Opa, „erst wird der Mähdrescher bezahlt!" — Als unser Gotthold raus auf den Hof kommt, sieht er wie der Hahn gerade auf die Henne steigt. Er tritt den Hahn in den Hintern und sagt: „Und du gehst auch zu Fuß bis der Mähdrescher bezahlt ist!"

Ein armer Vater macht jetzt Schluß,
weil er ein Bierchen trinken muß
zum Wohl auf seine Kinderschar,
denn darauf ist er stolz fürwahr.
Ganz ohne Kinder, ja es wär
für mich das Leben öd' und leer.
Die Wohnung wär' ein toter Bau,
auf unser'n Nachwuchs ein Helau!

A l a a f !

Zwei Schwadschnüsse

(Billa und Mariechen)

Damen-Zwiegespräch von Heidi Spies

Marie: Billa, du glaubst ja nicht, was ich in der letzten Nacht für einen schrecklichen Traum hatte. Ich habe geträumt, ich wär in der Hölle!

Billa: Du lieber Gott, wie war es denn da unten?

Marie: Einfach furchtbar! Ich hatte die Wahl zwischen drei Dutzend Hüten.

Billa: Wie, das nennst du furchtbar. Das war doch wie im Paradies.

Marie: Nä, es war ja kein Spiegel da!

Stimmt es, daß der Ernst Neumann unter die Künstler gegangen ist?

Billa: Oja, der hat jetzt sogar in der Kunsthalle eine Ausstellung gegeben.

Marie: Was du nicht sagst. Wie ist denn so die Publikumsmeinung?

Billa: Die Meinungen gehen auseinander.

Marie: Wieso?

Billa: Die einen sagen ‚Schad um die schöne Leinwand' und die anderen sagen ‚Schad um die schöne Farbe'!

Nur bei einem Bild sind sich alle einig.

Marie: So?

Billa: Ja, ja, daneben steht: Aus der blauen Periode des Künstlers.

Marie: Aha, das Bild ist ihm also gelungen?

Billa: Nä, da war er besoffen!

Marie: Ist der nicht mit der Irmgard verheiratet?

Billa: Eja, seit einem Jahr.

Marie: Und wie fühlt sie sich denn in ihrer Ehe mit einem Künstler?

Billa: Prima! Langeweile haben die beiden nicht. Er malt und sie kocht und wenn beide fertig sind, raten sie gegenseitig was es sein soll.

Marie, hast du vielleicht eine Ahnung, als was ich auf den Kostümball gehen könnte.

Marie: Ganz einfach, Billa, geh doch als alte Schachtel.

Billa: Du bist gemein! Sieh dir doch mal dein eigenes Gesicht im Spiegel an, du hast ja schon fünf Falten!

Marie: Ja und? Du hast dich eben besser gehalten. Du bist immer noch so einfältig wie früher!

Aber ernsthaft, Billa, ich hätte eine tolle Stelle für dich.

Billa: Du hast eine Stelle für mich? Das wird schon was sein!

Marie: Sag das nicht, beim Fernsehen.

Billa: Ja ???

Marie: Eja, als Bildstörung!

Billa: Ich wünschte mir dein Gesicht und sechs Richtige im Lotto.

Marie: Wieso?

Billa: Wenn ich sechs Richtige im Lotto hätte, wäre es mir egal, wie ich aussehe!

Marie: Es gibt viele Wege reich zu werden. Es gibt aber nur einen anständigen dabei.

Billa: Und der wäre?

Marie: Das habe ich mir doch gedacht, daß du den nicht kennst!

Der Peter hat ja jetzt die Lisa Breuer geheiratet!

Billa: Was, die zwei? Naja, wurde ja auch Zeit!

Marie: In dem Alter — reine Vernunftsehe.

Billa: Stimmt! Sie kann Autofahren und ihm haben se den Führerschein abgenommen.

Weshalb trägt die Erna eigentlich Trauer? Der ihr Willi ist doch nicht etwa gestorben?

Marie: Das nicht, aber der benimmt sich in der letzten Zeit so schlecht, daß sie wieder Trauer um ihren ersten Mann angelegt hat!

Also, man kann sich heute auf Männer überhaupt nicht mehr verlassen! Vorige Woche war ich in den Fibbes rasend verliebt, aber heute schwärme ich viel mehr für den August!

Stell dir vor, der hat mich doch heute morgen vor all den Leuten an der Bus-Haltestelle geküßt.

Billa: Und was hast du dazu gesagt?

Marie: Nix, ich bin doch kein Bauchredner!

Ich will ihm morgen eine Locke von mir schenken.

Billa: Sei doch nicht so geizig, schenk ihm doch die ganze Perücke!

Mir hat mein Tünnes zum Namenstag einen Brillantring geschenkt. Ist das nicht ein herrliches Stück?

Marie: Wirklich! War der in einem Knallbonbon?

Billa: Marie, nimm dich in acht! Viel trennt dich nicht mehr von einem Vollidioten.

Marie: Weiß ich, nur die zehn Zentimeter zwischen uns.

Aber eines muß ich dir sagen. Etwas gefällt mir ganz besonders an deinem Tünnes.

Billa: Was?

Marie: Das der nicht mein Mann ist!

Billa: Reg mich nicht auf, Marie. Ich habe in der letzten Zeit sowieso Kopfweh. Deswegen war ich sogar im Krankenhaus. Da haben se mir das Gehirn geröntgt, aber nix gefunden.

Marie: Hast du ein anderes Ergebnis erwartet?!

Ich habe eine neue Stelle, Billa. Ich bin jetzt Privatsekretärin bei einem ganz bekannten Anwalt.

Billa: Was, du? Du kannst doch überhaupt nicht tippen!

Marie: Doch, in der letzten Woche hatte ich drei Richtige.

Du ahnst ja nicht, mit wem ich alles telefoniere!

Billa: Wirf dich nicht so in die Brust, sonst hast du hinten nichts mehr!

Marie: Vorgestern hat die Brasilianische Botschaft angerufen.

Billa: Du bist jeck! Was wollten die denn?

Marie: Die waren falsch verbunden.

Sag mal, hast du eigentlich meinen Brief erhalten, in dem ich dir eine Anzeige angedroht habe, falls dein ordinärer Köter es noch einmal wagt, meinen Wagen anzupinkeln.

Billa: Jaja!

Marie: Wie jaja — und ???

Billa: Ich habe dem Waldi den Brief vorgelesen. Hoffentlich hat er ihn verstanden!

Alaaf!

Ne Kölsche Jung

Büttenrede von Franz Unrein

Ich war gerade aus der Schule entlassen worden, da meinte mein Vater zu mir: „Werde Verkäufer! Nimm dir ein Beispiel an deinem Onkel Jupp, der verdiente die Woche nur hundert Mark und nach acht Jahren hatte der schon ein eigenes Geschäft." Ich sage: „Ja, zu seiner Zeit! Aber heute haben sie ja alle Computerkassen!"

Aber ich habe dann doch eine Stelle bei uns in der Nähe angetreten. Nach zwei Tagen kam der Chef und fragte mich: „Na Junge, wie läuft es?" Ich sage: „Eben war ein Kunde da, der interessierte sich für Orient-Teppiche. Fünf Stück gefielen ihm. Er wollte sich aber nicht entscheiden, weil seine Frau nicht dabei war." Darauf mein Chef: „Sag nur, du hast den laufen lassen!" „Nein", sage ich, „ich habe von jedem Teppich ein Stück abgeschnitten, damit er zu Hause mit seiner Frau überlegen kann!"

Weil der da so furchtbar wütend wurde, habe ich bei ihm aufgehört. Meinte er: „Daß du aufhörst, tut mir wirklich leid, ich hätte dich viel lieber rausgeschmissen!"

Eine Woche später habe ich dann bei Karstadt angefangen. Als ich dort hinging, regnete es gerade in Strömen. In einem Radiogeschäft spielten sie die Schallplatte ,Auf Regen scheint die Sonne'...! Ich habe zwei Stunden gewartet, glauben Sie es hätte aufgehört zu regnen?! Ich in den Laden und gesagt: „Können Sie nicht mal eine andere Platte spielen?" Meinte die Verkäuferin: „Wenn ich jetzt eine Weihnachtsplatte auflege, warten Sie dann auf das Christkind?"

In der Möbelabteilung kaufte ein Ehepaar bei mir ein Wohnzimmer. Ich frage: „Wie wollen Sie die Möbel denn bezahlen?" Sagen die: „So in zwölf bis fünfzehn Jahren sind die bezahlt! Es ist nämlich so, unser Sohn ist gerade zwanzig Jahre geworden und wir haben nur noch paar Raten auf seinen Kinderwagen zu bezahlen!"

Kam eine alte Oma und meinte: „Da hinten in der Ecke haben Sie so einen alten häßlichen Buddha stehen. Was kostet der?" Ich sage: „Um Gottes willen, das ist unser Chef!"

Montags kam ich in eine andere Abteilung. Sagt der Abteilungsleiter zu mir: „Merke dir bitte eins, du mußt hier selber sehn, wo etwas fehlt oder wo etwas nötig ist." „Ist in Ordnung", sage ich, „soll ich Ihnen erst einmal ein sauberes Hemd besorgen?"

Weil wir in Köln gerade Domjubiläum hatten, waren viele Leute im Geschäft. Sagte einer: „Siehst du, mein Junge, in jeder Stadt kaufe ich mir ein Andenken. In Köln den Kölner Dom, in Düsseldorf einen Radschläger, in Stockholm einen Stock und in Weinheim natürlich eine Flasche Wein. Ich sage: „Und was machen Sie, wenn Sie nach Pforzheim kommen?"

Nach der Mittagspause kam ein Mann zu mir und gab mir zwanzig Mark. Ich fragte ihn, womit ich das denn verdient hätte. Meinte der: „Vor drei Stunden war meine Frau hier und wollte Zahnpasta kaufen. Da hast du ihr versehentlich Alleskleber eingepackt. Meine Frau hat sich damit die Zähne geputzt und jetzt steht ihr Mund endlich still!"

Im Sommerschlußverkauf war ja was los! Einer hatte sich ein Paar Stiefel ausgesucht, Baujahr 72, kaum gelaufen, TÜV bis 83.

Ich sage: „In den ersten acht Tagen werden die wohl noch biß-
chen drücken." Meint der: „Das macht nichts, ich will die sowieso erst in vierzehn Tagen im Urlaub anziehen!"

Unser Sonderangebot waren Pantoffeln für fünf bis acht Mark.
Kam ein Ehepaar. Meinte der Mann: „Ich nehme die für fünf
Mark." Sagt die Frau: „Warum nimmst du dir bloß immer das
Schlechteste, das hast du doch früher nicht getan!" „Doch",
knirscht der, „schon einmal, als ich dich geheiratet habe!"

In dem Trubel kam der Chef und meinte: „Die Schals müssen
weg! Du mußt den Damen sagen, es wäre eine Epidemie unter
den Seidenraupen ausgebrochen und es gäbe keine Seide mehr."
Ich sage: Ist o.k., und was soll ich den Männern sagen?" Meint
der: „Das überlasse ich ganz dir!"
Kam eine Frau, hab ich der alles so erzählt. Sie kaufte gleich
fünf Schals. Sagte ich zu ihrem Mann: „Und Sie sollten schnell
noch einen Filzhut kaufen, denn die Epidemie hat auch schon
auf die Filzläuse übergegriffen!"

Neulich wollte mein Chef testen, ob ich schlau bin. Er gab mir
eine Mark und schickte mich fünfzehn Flaschen Bier holen. Blödsinn! Dabei weiß der doch ganz genau, daß ich nur zehn Flaschen
tragen kann!

Alaaf!

Ein Autofahrer

Büttenrede von Willi Dingler

Also, an mein Auto bin ich über eine Anzeige gekommen: Junger Mann mit Führerschein sucht junge Frau mit Wagen. Bitte Bild vom Wagen einsenden!

Weil mir der Wagen gefiel, habe ich dann auch geheiratet! Also der Wagen ist prima. Der hat vier Zylinder. Zwei Zylinder im Wagen und zwei Zylinder im Werkzeugkasten für die Beerdigung!

Alles automatisch. Wenn man eine Tür zuschlägt, fliegt die andere Tür automatisch auf!

Unsere erste Ausfahrt war herrlich. Unterwegs begegneten wir einem alten Mann mit einem Spazierstock. Der ging vielleicht krum! Ich frage: „Haben Sie etwa Ischias?" „Nein", sagt der „mein Stock ist zu kurz!"

Mittags haben wir dann in einem stinkfeinen Restaurant gegessen. Alles weiß gedeckt. Kellner im Frack, — Messer und Gabeln an der Kette!

Wir bestellten uns Suppe und Beefsteak. Fragt der Ober: „Das Steak mit Zwiebeln?" Ich sage: „Sie sind aber gut!" „O.k.", meint er, „dann eben mit Maiglöckchen!"

Die Suppe kam. Ich sage: „Die Suppe kann man nicht essen!" Meint der Kellner: „Ich serviere die Suppe schon den ganzen

44

Mittag, es hat sich noch niemand beschwert." Da kam auch schon der Geschäftsführer und sagt: „Wir sind das erstbeste Haus am Platze, bitte weshalb können Sie die Suppe nicht essen?" Ich sage: „Ich habe keinen Löffel!"

Nach dem Essen fuhren wir wieder los. Plötzlich blieb der Wagen stehen. Ich frage: „Was mag denn das sein?" Meint meine Frau: „Männe, sieh doch mal nach! Vielleicht hat der Wind die Kerzen ausgeblasen!"

Ein Kegelclub hat uns dann angeschoben — so ziemlich genau zwei Kilometer. Die haben vielleicht geschwitzt! Dann merkte ich, daß ich die Handbremse immer noch angezogen hatte!

Plötzlich standen wir schon wieder. Ich sage zu meiner Frau: „Setz du dich mal an das Lenkrad, ich schiebe. Wenn der Wagen anspringt, tritt bitte auf die Bremse und ich übernehme dann wieder das Steuer." Ich schiebe, der Wagen springt an, aber meine Frau tritt anstatt auf die Bremse auf das Gaspedal. Es geschah was geschehen mußte: Ein Auto kam entgegen und wir klatsch drauf. Meine Frau flog durch das Schiebedach und hing in einem Apfelbaum! Ruft ein Polizist: „Sie können ja gar nicht fahren!" Meint meine Frau: „Doch, doch, Wachtmeisterchen, nur das Aussteigen klappt noch nicht so richtig!"

„So eine Unverschämtheit", brüllt der Fahrer des anderen Wagens. „Jetzt haben Sie aus meinem Viersitzer einen Zweisitzer gemacht!" Ich antworte: „Das ist doch prima, dann brauchen Sie in Zukunft auch weniger Benzin!"

Um den zu beruhigen, habe ich ihm dann einen Schnaps angeboten. Als der die Flasche halb leer hatte, meinte er: „Trinken Sie denn keinen?" Ich sage: „Nein, — erst nach der Blutprobe!"

A l a a f !

Der Liebling vom Arbeitsamt

Damen-Büttenrede von Elisabeth Müller

Wenn ich komme, sagen die vom Arbeitsamt immer: „Was, Sie sind schon wieder da?!"

Sollte ich mich doch in der Irrenanstalt bewerben. Bei der Vorstellung fragte mich der Professor: „Haben Sie Verstand?" Ich sage: „Ich glaube ja, gesehen habe ich ihn aber noch nicht!" Fragt der weiter: „Aber Sie merken doch, wenn einer verrückt ist?" Ich sage: „Aber sicher merke ich das!"
Und schon war ich als Schwester eingestellt. Den ersten Tag mußte ich in der Aufnahme arbeiten. Der erste kam. Ich frage: „Sie heißen?" Er: „Karl-Heinrich-Franz-Josef Hintermeyer." Ich: „Sie haben?" Er: „Drei Zimmer und Küche." Ich: „Ich will wissen, was Ihnen fehlt?" Er: „Ein Badezimmer."
Ich sage: „Sie bleiben hier."

Der zweite Patient kam. Ich frage wieder: „Sie heißen?" Er: „Carlo Mortadello." Und dann fing er gleich an, zu erzählen, was er den ganzen Tag arbeitet. Übrigens, der wurde zur Beobachtung von seinem Polier gebracht. Als ich den Polier fragte: „Warum erzählt der Bursche mir denn, daß er so fleißig ist und für 7,50 Mark die Stunde den ganzen Tag Steine mit der Schubkarre fährt?" Meint der Polier: „Ich habe dem vorhin gesagt, daß er ab morgen für die Stunde zehn Mark bekommt. Da hat der mich vielleicht angebrüllt: Für mehr Stundenlohn hast du Geld, aber nicht für eine größere Schubkarre!"
Ich sage: „Der bleibt hier!"

46

Der dritte Patient war ein Ehemann, der seine Frau aus dem Fenster geworfen hatte. Ich frage ihn, warum er das denn getan hat. Darauf antwortet der: „Ich kam unverhofft nach Hause, da sitzen auf der Treppe drei Italiener. Ich sage: „Was geht hier vor?" Darauf der eine Italiener: „Nix vor! Erst Emilio, dann Bruno, dann Guiseppe und d a n n erst du!"

In meiner Pause gehe ich immer im Anstaltspark spazieren. Da lief mir doch neulich dort immer ein Kerl hinterher. Das wurde mir dann zu bunt. Ich drehe mich rum und frage den: „Was willst du denn von mir?" Da sagt der: „Jetzt, wo ich Sie von vorne sehe, frage ich mich das auch!"

Eines Tages melde ich dem Professor: „Da ist ein Herr, der möchte Sie sprechen. Meint der Professor: „Bieten Sie ihm einen Stuhl an." Ich sage: „Damit wird der wohl nicht zufrieden sein, das ist nämlich der Gerichtsvollzieher!"

Neulich fragte mich jemand: „Schlafen in Ihrer Anstalt Frauen und Männer getrennt?" Ich sage: „Auf jeden Fall, denn so dumm sind die ja nun doch nicht!"

Stöhnte eines Abends der Professor: „War das ein Tag heute! Ich weiß nicht mehr, wo mir der Kopf steht!" Ich sage: „Ach deshalb haben Sie die Bluse von der Sekretärin an und einen Perlonstrumpf als Krawatte um den Hals!"

Dann habe ich bei einem Pastor angefangen. Der verlangte, daß vor jeder Mahlzeit gebetet wird. Da sagte ich zum Pastor: „Ich bitte Sie, so schlecht koche ich ja nun doch nicht!"

Also, dieser Pastor betreute auch Strafgefangene.
Eines Tages versprach er einem Mann, der zwei Jahre wegen Diebstahl saß: „Wenn Sie hier wieder herauskommen, dann helfe

ich Ihnen." Sagte der Häftling: „Alles gut gemeint, Herr Pfarrer, Stehlen will aber gelernt sein!"

Der Pastor meinte einmal selbstgefällig: „Die Leute sagen zu mir immer ‚Ehrwürden', das ist ein stolzes Gefühl." Ich sage: „Das ist doch gar nichts. Mein Freund hat ein so blödes Gesicht, wenn die Leute den sehn, sagen sie immer ‚Allmächtiger Gott'!"

Ja, anschließend mußte ich kündigen. Jetzt bin ich Hausmädchen bei Dr. Knubbel. Meinte die Frau Doktor zu mir: „Emma, die nächtlichen Besuche Ihres Freundes regen mich aber langsam auf." „Wie", sage ich, „zu Ihnen kommt er auch?!"

Mußte ich einem Besucher Tee anbieten. Als ich ihn fragte: „Nehmen Sie ihn mit Milch und Zucker?" meinte der ganz lässig: „Am liebsten mit etwas Schinken, zwei Spiegeleiern, einer Scheibe Käse und zwei Kognak hinterher!"

Mensch, jeden Abend gab es dort eine Party. Dabei waren doch alle Töchter schon verheiratet. Ich fragte sie warum. Meinten die: „Unsere Oma ist doch jetzt Witwe und immer so alleine!"

Neulich gab es dort ‚Schwiegermutter-Menü'. Wißt ihr, was das ist? — Kalte Schulter mit scharfer Zunge!

Apropos Schwiegermutter! Kam der Doktor zu mir und fragte: „Meine Schwiegermutter wollte doch gestern unsere Kühltruhe kälter stellen. Hat das geklappt?" Ich sage: „Weiß ich doch nicht! Sie sitzt ja noch drin!"

Man kann ja immer noch was dazulernen!
Letzte Woche mußte ich der gnädigen Frau ein Kilo Salz ins Bett schütten. Ich fragte die, was das denn für einen Sinn hätte. Fing die an zu singen: „Im Salzkammergut da kammer gut . . ."

Irgendwie ist da aber doch was schief gelaufen. Kam der Doktor heute morgen wütend zu mir und brüllte: „Emma, nicht genug, daß Sie sich jede Woche Geld abzwacken, daß Sie ein Kind von mir bekommen, meinem Sohn die Liebe lehrten, jetzt haben Sie auch noch das Verhältnis zwischen meiner Frau und meinem Schofför kaputt gemacht! Und so einen Schofför kriege ich nie wieder! Wenn jetzt noch das Geringste passiert, fliegen Sie!"

Da bin ich lieber gleich gegangen!

Alaaf!

Speimanes

Büttenrede von Willy Schwidden

Vierzig Jahre war ich mit meiner Paula verlobt. Sagt sie neulich zu mir: „Manes, wir sind über fünfzig, meinst du nicht, es würde langsam Zeit zu heiraten?" Ich sage: „Meinst du denn, uns nimmt noch jemand?!"

Unsere Hochzeitsfeier war ein grandioses Ereignis! Der genaue Verlauf ist noch heute in den Polizeiakten nachzulesen!

Der Pastor, der uns getraut hat, fragte mich vorher: „Seid ihr denn auf dieses einmalige Ereignis auch gut vorbereitet?" Ich sage: „Keine Sorge, Hochwürden, wir haben pro Person einen Kasten Bier und eine Flasche Schnaps!"

Ich sage: „Was kostet denn festliches Geläut während der Zeremonie?" Meinte er: „Das kommt auf die Schönheit der Braut an." Als er dann meine Paula sah, flüsterte er mir ins Ohr: „Du wirst mit Zweimarkfünfzig auskommen!"

Ich sage: „Hochwürden, was kann ich meiner zukünftigen Frau denn als Brautgeschenk geben?" Meint er: „Schenk ihr doch einen Brockhaus oder einen Duden." Ich sage: „Und dann steht er auf der Straße rum! Wir haben doch keine Garage!"

Seitdem wir nun verheiratet sind, hat jeder sein Ressort. Sie bestimmt zum Beispiel wie und wo mein Geld ausgegeben wird und ich entscheide, wann der Wellensittich frisches Wasser bekommt!

Gewiß gibt es schon einmal Meinungsverschiedenheiten. Ich vermeide aber jede Auseinandersetzung. Wenn Paula anfängt zu stänkern, ziehe ich mich an und gehe an die frische Luft. — Was meinen Sie, warum ich so gut aussehe!

Nach der Trauung sagte so ein kleiner Ströppke aus der Verwandtschaft zu meiner Paula: „Tante, du hast ja gar nicht das Ding auf dem Kopf." Ich hörte das und frage den: „Was meinst du denn für ein Ding, was die Tante Paula auf dem Kopf haben soll?" Sagt der Kleine: „Ich weiß auch nicht. Ich habe eben nur gehört, wie die Oma sagte: Gut, daß ich die alte Krücke nun auch unter der Haube habe!"

Der war nicht nur vorlaut, dieser Knabe, der aß auch noch sechs Stück vom Hochzeitskuchen und ein Kilo Pralinen. Ich sage: „Wenn man soviel nascht, bekommt man einen sooo dicken Bauch." Da kam gerade Tante Frieda vorbei, die in Kürze ein Kind erwartet. Der Kleine guckt die an und sagt: „Na, Tante Frieda, wohl auch zuviel genascht?!"

Und jeder von uns brachte ein paar Kinderchen mit in die Ehe. Kam mein ältester Sohn mit seiner Freundin nach Hause. Weil ich ein paar Bierchen getrunken hatte, dachte ich, mach mal einen Jux. Ich sage: „Bevor ich die für dich gutheiße, muß sie sich erst einmal ausziehen." Ich habe mir die dann ausgezogen eine Viertelstunde lang betrachtet. „Na", meint mein Junge, „ist das was?" Ich sage: „Junge, die paßt nicht zu dir." Meint der: „Na hör mal, Papa, die hat doch eine tolle Figur!" Ich sage: „Das sehe ich, mein Junge, aber die Nase sitzt ein wenig schief!

Einmal nach dem Essen kam die Tante Auguste aus der Küche und sagte: „So, alles was ihr gegessen habt, das Fleisch, die Soße, das Roastbeef, war vom Pferd." Ich fragte: „Auch der Apfelkompott?"

Neulich fuhr ich mit Paula in unserem neuen Auto über die Bahnhofstraße. Zugegeben, ich hatte ein paar Bierchen mit ein paar Kurzen nachgespült. Ein gutmütiger alter Schutzmann schaut in den Wagen und meint: „Manes, Sie haben einen ganz schönen Zacken, warum lassen Sie Ihre Frau denn nicht fahren?!" Ich sage: „Es mag sein, daß ich besoffen bin, ich bin aber nicht lebensmüde!"

Paula stellte mir dann auch ihren Sohn aus erster Ehe vor. Sagte sie: „Das ist mein Musterknabe. Der trinkt nicht, der raucht nicht und hält auch nichts von Weibern! Nur einen Tick hat er: Er trägt so gerne Büstenhalter!"

Ich helfe ja im Haushalt mit, wo es nur geht. Also ich überziehe jeden Monat die Betten und meine Frau überzieht jeden Monat das Konto!

Irgendwann lernte ich dann auch meine Schwiegermutter kennen. „Schön habt ihr es hier", meinte sie, „und die netten kleinen Bäumchen vor dem Fenster!" Ich sage: „Und wenn du uns das nächste Mal besuchst, dann werden die so groß sein, daß sie schöne große Schatten werfen!"

Glücklich ist, wer vergißt,
daß Paula meine Alte ist.
Kommt hier und da auch mal was vor,
wir tragen's beide mit Humor!

A l a a f !

ᴎe Trockene

Büttenrede von Heribert Pauly

Zu Anfang ein ostfriesisches Sprichwort:
Liegt ein Bauer tot im Zimmer,
lebt er nimmer!

Ja, ich war voriges Jahr in Ostfriesland auf Urlaub. Das fing schon am Bahnhof an. Ich fragte: „Wie lange hält der Zug?" Die Antwort: „Bei guter Pflege 15 Jahre!"

Auf dem Weg zum Bahnhof sagte meine Frau: „In deinem Mantel siehst du aus wie ein Kameltreiber." Ich sage: „Mag sein, aber damit es wirklich echt aussieht, solltest du vor mir herlaufen!"

Ich: „Wenn du mich wirklich geliebt hättest, hättest du einen anderen heiraten sollen!"

Als wir am Zielbahnhof ausstiegen, kam uns ein Radfahrer entgegen und japste: „Hört denn der Berg überhaupt nicht mehr auf?" Ich: „Was für ein Berg? Dir haben sie das Hinterrad geklaut!"

Ein ostfriesischer Maler hatte eine Ausstellung. Ich frage: „Wie heißt denn dieses Bild?" Er: „Kühe auf der Weide." Ich frage weiter: „Wo ist denn das Gras?" Er: „Das haben die Kühe weggefressen." Ich wieder: „Wo sind denn die Kühe?" Er: „Was sollen die denn an einer Stelle, wo es kein Gras gibt?!"

In der Pension frage ich so ein weibliches Wesen, das aussah wie die Eule von Olav: „Spielen Sie Dame?" Sie empört: „Was heißt ‚spielen', ich bin eine!"

Das war so eine Biene, die sich selbst gern stechen ließ. Die hatte solche X-Beine, die konnte sich die Zigaretten mit den Knien drehen!

Die hatte sich scheiden lassen, weil ihr Mann in der Energiekrise auf öffentliche Verkehrsmittel umgestiegen ist!

Ihren neuen Mann habe ich an der Theke getroffen. Er sagte: „Ich wollte meinen Kummer ertränken, konnte aber die Alte nicht dazu bringen, ins Wasser zu springen!"

Dessen Spruch war: „Das Schönste am Essen ist das Trinken." Ich drauf: „In Amerika kostet ein Glas Bier nur 30 Cents." Er: „Schon, aber die Hin- und Rückfahrt ist so teuer!"

Ich fragte den: „Wie kommt es, daß du immer so gute Laune hast?" Er: „Ich frühstücke jeden Morgen mit meinem Kanarienvogel. Er ein Körnchen, ich ein Körnchen, bis wir dann beide anfangen zu singen!"

Sagte er: „Mein Arzt hat auch keine Ahnung. Der hat sogar das Trinken verboten. Meinst du, es hätte etwas geholfen? Überhaupt nichts! Ich saufe noch doller als vorher!"

Der lebte die letzten Tage vor dem Ersten nur noch vom Flaschenpfand.
Der hatte mich mal zum Essen eingeladen. Als wir das Lokal verließen, sagte ich: „Das war aber eine miese Pinte. Die Suppe war versalzen, das Gemüse zu kalt, das Fleisch zäh, das Bier

warm." Er darauf: „Und wenn wir nicht so schnell abgehauen wären, hätte ich das auch noch bezahlen müssen!"

So ganz richtig war der auch nicht. Den traf ich mal, da wollte er mit einem Boot ins Wasser. Ich sage: „Damit kannst du doch nicht ins Wasser, da sind ja dutzende von Löchern drin! Darauf er: „Na und? Unter Wasser sieht das doch keiner!"

Mit dem habe ich auch mal eine Schiffsreise nach England gemacht. Nach einiger Zeit kam er auf Deck, sieht das Meer und sagt: „Was, hier sind wir erst?!"

Jetzt weiß ich auch, warum die Engländer so gerne Tee trinken. Ich habe den ihren Kaffee probiert!

Mein Bekannter hatte auch keine Manieren. Der ließ glatt einen fahren ohne die Hand vorzuhalten!

Sagte meine Frau zu seiner Frau: „Das Baby sieht dem Vater aber gar nicht ähnlich." Darauf die: „Dann solltest du es mal erleben, wenn ich ihm die Flasche wegnehme!"

Der knatschte beim Frühstück: „Das Ei ist mir zu hart." Sagte seine Frau: „Dann mach mal die Schale ab, dann ist es weicher!"

Ich fragte den: „Warum bist du denn heute so traurig?" Er: „Meine Frau hat gestern unseren Wagen rückwärts in die Garage gefahren und heute morgen rückwärts wieder raus!"

In dem Dorf ist der Schornsteinfeger gestorben. Stand in der Zeitung: Er kehrt nie wieder!

Ja, Humor haben die Ostfriesen! Findet ein bestohlener Bauer in seinem Stall ein Schild, auf dem stand: Schwein gehabt!

Der Leo versuchte immer mit meiner Frau zu flirten. Da sagte ich zu ihm: „Erwische ich dich nochmal mit meiner Frau, dann kannst du sie behalten!"

Einmal traf ich ihn ganz niedergeschlagen. Ich frage: „Was ist denn los?" Er: „Ich werde nie angerufen." Darauf ich: „Du hast doch gar kein Telefon." Er: „Stimmt, — aber wer weiß das schon?!"

Ich fragte: „Weißt du eigentlich, daß deine Frau einen Buckel hat?" Er: „Erzähl doch nicht so einen Blödsinn." Ich: „Das weiß ja die ganze Straße." Er: „Ich kenne meine Frau doch besser als du oder die ganze Straße. Wenn die einen Buckel hätte, wüßte ich es doch." Ich: „Du Flabes, der Buckel kommt doch immer, wenn du nicht zu Hause bist!"

Das ist so eine richtige Metallfrau. Die hat ein goldenes Herz, silberne Haare und eine eiserne Gesundheit!

Kam doch vor Weihnachten so ein Snob in die Gemäldegalerie und kaufte zehn Picassos, fünf Rembrandts, fünf van Gogh und fünf Renoirs. Er bezahlte mit Scheck und sagte zu seiner Frau: „So, die Weihnachtskarten haben wir, nun kaufen wir noch die Geschenke!"

Ein Beamter fängt während der Bürozeit eine Fliege und will sie zerdrücken. Darauf die Fliege: „Zerdrück mich nicht, dann hast du drei Wünsche frei!" Der Beamte: „O.k., zuerst möchte ich in der Karibik sein." Er war da. Der Beamte weiter: „Dann möchte ich fünf nackte Puppen um mich haben." Sie waren da. Der Beamte: „Nun wünsche ich mir noch, daß ich nie mehr arbeiten muß." Da saß er wieder im Rathaus!

Alaaf!